SENHOR
SARILHOS

Roger Hargreaves

P EDITORIAL PRESENÇA

«Lá vem sarilhos!», ouve-se dizer.

E quem é que lá vem?

Isso mesmo!

A Sr.ª Sarilhos.

Ai, os sarilhos que ela arranja!

Uma manhã foi ter com o Sr. Importante.

– Sabes o que Sr. Pequeno te chama pelas costas? – perguntou-lhe ela.

– Não – respondeu o Sr. Importante. – O que é que o Sr. Pequeno me chama pelas costas?

A Sr.ª Sarilhos olhou para ele e disse:

– Bucha!

Ora, o Sr. Importante não gostou daquilo.

De maneira nenhuma.

Nem um bocadinho.

Foi logo ter com o Sr. Pequeno.

– Como te atreves a chamar-me BUCHA? – gritou-lhe.

– Mas… – gaguejou o Sr. Pequeno, que nunca lhe tinha chamado «Bucha». – Mas…

– Mas nada – berrou o Sr. Importante.

E bateu ao Sr. Pequeno.

Ui!

E deixou-lhe um olho negro.

Pobre Sr. Pequeno.

A Sr.ª Sarilhos, que estava escondida atrás de uma árvore, ficou muito contente.

– Ah, gosto tanto de arranjar sarilhos – disse para consigo, a rir-se baixinho.

Que marota!

Mais tarde, a Sr.ª Sarilhos foi ter com o Sr. Esperto.

– Sabes o que o Sr. Pequeno te chama pelas costas?
– perguntou-lhe.

– Não – respondeu o Sr. Esperto. – Diz-me! O que
é que o Sr. Pequeno me chama pelas costas?

A Sr.ª Sarilhos olhou para ele e disse:

– Narigão!

Ora o Sr. Esperto também não gostou muito daquilo que ouviu.

E saiu a toda a pressa.

Quando encontrou o Sr. Pequeno, sem esperar por uma explicação, deu-lhe um soco num olho!

Com força!

E no outro olho!

Pobre Sr. Pequeno.

Dois olhos negros por uma coisa que não tinha feito.

– Olha como tu estás! – troçou a Sr.ª Sarilhos quando o viu.

– A culpa é toda tua – disse o Sr. Pequeno.

– É verdade! – confirmou ela.

E foi-se embora.

O pobre Sr. Pequeno teve de ir ao médico.

– Santo Deus! – exclamou o Dr. Ponhotebom quando o viu. – Mas o que te aconteceu?

O Sr. Pequeno explicou.

– Eu acho – disse o Dr. Ponhotebom quando acabou de ouvir o que o Sr. Pequeno tinha para lhe contar – que devia fazer-se alguma coisa a essa senhora! O que ela precisa é…

Então calou-se.

E soltou um riso abafado.

– É isso – concluiu com uma gargalhada.

– É isso o quê? – perguntou o Sr. Pequeno.

E o Dr. Ponhotebom disse qualquer coisa ao ouvido do Sr. Pequeno.

Querem saber o que ele lhe disse ao ouvido?

Mas por enquanto não vão saber!

É segredo!

Nessa tarde, o Sr. Pequeno foi ter com o
Sr. Cócegas.

– Sabes o que a Sr.ª Sarilhos te chama pelas costas?
– perguntou-lhe.

– Não – respondeu o Sr. Cócegas. – O que é que a
Sr.ª Sarilhos me chama pelas costas?

O Sr. Pequeno olhou para ele e disse:

– Cara de pudim!

Depois o Sr. Pequeno foi ter com o Sr. Desastrado.

– Sabes o que a Sr.ª Sarilhos te chama pelas costas? – perguntou-lhe.

– Não – respondeu o Sr. Desastrado. – O que é que a Sr.ª Sarilhos me chama pelas costas?

O Sr. Pequeno olhou para ele e disse:

– Sr. Palerma!

A Sr.ª Sarilhos ficou metida num sarilho.

– Como te atreves a chamar-me «Cara de Pudim»? – gritou-lhe o Sr. Cócegas.

E desatou a fazer-lhe cócegas.

– E como te atreves a chamar-me «Sr. Palerma»? – bradou-lhe o Sr. Desastrado.

E deu-lhe um encontrão.

Ora, não sei se alguma vez já vos fizeram cócegas e deram encontrões ao mesmo tempo, mas não é lá muito divertido.

Na verdade, não é nada divertido.

Cócegasencontrõescócegasencontrõescócegas encontrõescócegasencontrões!

Durante dez minutos.

E dez minutos de cócegasencontrões é muito tempo.

Garanto-te!

Ao fim do dia, o Dr. Ponhotebom foi ver
o Sr. Pequeno.

– Como vão esses olhos? – perguntou-lhe.

– Ah, muito melhor, obrigado – respondeu
o Sr. Pequeno.

– E o nosso planozinho resultou? – perguntou
o médico.

– Resultou em cheio! – anunciou o Sr. Pequeno com
um grande sorriso.

– Aperta aí – pediu o Dr. Ponhotebom.

E deram um aperto de mãos.

Bem.

Não exatamente de mãos.

O Dr. Ponhotebom foi então ver a Sr.ª Sarilhos.

Estava cheia de pena de si mesma.

– O que se passa contigo? – perguntou-lhe ele.

E ela contou-lhe tudo.

Tudinho mesmo.

O Dr. Ponhotebom olhou para ela.

– Anima-te – disse-lhe. – Sabes o que acabou
de te acontecer, não sabes?

A Sr.ª Sarilhos respondeu que não com um aceno
de cabeça.

– Virou-se o feitiço contra o feiticeiro – explicou-lhe com um risinho abafado.

E foi para casa.

Jantar.